Dennis Karrasch

Hase und Jäger

Eine kurze Erzählung aus Celle

Dennis Karrasch, Hase und Jäger. Eine kurze Erzählung aus Celle.
Selbstverlag, 2017.

Umschlaggestaltung und Fotos: Dennis Karrasch (unter Nutzung eines Bildausschnitts aus: Carl Röchling, Das Gefecht an der Göhrde, 1911, Öl auf Leinwand, ca. 800 x 600 cm, Bomann-Museum, Celle, Deutschland)

»The past is never dead. It's not even past.«

(William Faulkner, *Requiem for a Nun*)

Wenn du den Teufel gesehen hast, willst du dich getäuscht haben. Wenn dir schwant, dass du dich nicht getäuscht hast, willst du, furchtdurchflutet, wie du bist, dass er verschwindet, von selbst, in seiner Leibhaftigkeit wie auch aus deinen Erinnerungsbildern. Wenn dir aufgeht, dass er nicht verschwindet, dass er sich allenfalls versteckt, verkleidet, willst du – sofern du deiner Angst hast Herr werden können – sein Versteck verbrennen, die Maske des Täuschers und Lügners herunterreißen, einem Zeugenpublikum die echte, eigentliche Fratze vorzeigen und ihn dann als Racheengel vernichten. Wenn du aber den Teufel einmal gesehen hast und deinem Sein in einer längeren Folgezeit genügend Stärke für dich hast abringen können, dann willst du ihn verstehen – und wissen, wer ihn gemacht hat. Und den Teufel so bannen.

***

Am 9. April 1955, einem Sonnabend, sitzt am Nachmittag ein Mann allein in der Ehrenhalle der Königlichen Hannoverschen Armee im Celler Museum für Kulturgeschichte. Seinen Holzstuhl hat er beinahe zentral auf dem dunkelgrauen, zwölf mal zwölf Meter messenden Quadrat des geschliffenen und glanzpolierten Betonbodens platziert. 200 Militäruniformen aus alter Zeit umgeben ihn, zu allen vier Seiten entlang der Wände in holzgerahmten Glasvitrinen dicht an dicht ausgestellt. Das

Nachmittagslicht, das darüber durch die beiden liegenden Riesenrechtecke der bleiverglasten Fenster – eines in seinem Rücken, eines zu seiner Rechten – in den solennen Museumskubus sickert, wird durch die bläulich und grünlich schimmernden Scheibensegmente deutlich ins Kühle gefiltert. Mit feierlicher Wärme jedoch kontert dies das Kunstlicht der Leuchter, die von der blau und gelb floral ornamentierten Kassettendecke hängen. Die vier kleinen allegorischen Portraits – je eines zu jeder Himmelsrichtung an den Abwölbungen der hohen Decke – scheinen dem Manne ihre Botschaften nach unten zuzuwispern: »Krieg«, »Frieden«, »Ruhm«, »Ehre«. Und dieser, so scheint es wiederum, nimmt die Begriffe bereitwillig in sich auf, lässt sie, versonnen, versunken, im Hintergrund seines Gemüts wabern, und vielleicht gefällt ihm der letzte am besten. Das Gravitätische in seiner aufrecht-geraden Sitzhaltung und wie er wie zur würdevollen Andacht seine Handflächen auf den Oberschenkeln abgelegt hat, können Indiz dafür sein. Auch das gemessen Zeremoniöse seines schwarzen Filzhuts und des dreiteiligen schwarzen Anzugs, der eher ins vorige Jahrzehnt passen will (die Hose in die schwarzen Lederstiefel gesteckt), sprechen dafür. Einzig die Note von Pfeifenrauch, die der Anzugschurwolle schleichend entströmt, erzeugt einen sachten Anhauch von Gemütlichkeit – oder würde ihn erzeugen, würde sie nicht großteils von der scharfen Herbe des Rasierwassers übertönt. Denn glatt rasiert wie täglich ist das leicht feiste Rund des Gesichts freilich und erst recht auch heute. Ohne diese ordentliche Pflege würde das bäurisch Derbe das auch vorhandene Vornehme der Physiognomie allzu deutlich überwiegen, würde der ohnehin üppige Unterkiefer noch ausladender wirken und womöglich von der wunderbar geraden, fein feudalen Nase ablenken. Und ohnedies gilt es, Unkraut überall zu jäten, oder mindestens aber so weit als möglich zurückzustutzen, und so auch im Gesicht – so meint man als Maxime im festen Blick kühlblauer Augen des Mannes ablesen zu können, obschon diese inzwischen in Schatten tieferer Höhlen wohnen und von allerlei Fältchen umrankt werden, sodass man ihn, wenn man nicht wüsste, dass er 53 Jahre alt ist, auf deutlich über 60 schätzen würde.

Und dennoch: Hier und jetzt verströmen seine Augen in ihrem faszinierten Gefesseltsein eine Jugendlichkeit. In seiner Miene spielen demütige Ehrfurcht und schiere Lust an der blanken Sensation ein ausgeglichenes Spiel. Denn gerichtet sind Gesicht und Blick nach oben, an die Ostwand vis-à-vis, wo über den Vitrinen ein kolossales Schlachtengemälde prangt – der Hauptgrund seines Besuchs dieser musealen Räumlichkeit, das Gravitationszentrum, der quasi-magische Anziehungs- und Fixpunkt dieser ohnehin zaubrischen Halle, heute und bei den unzähligen Malen, die ihn sein Vater in Kindheitstagen sonntäglich hierhin (»ins Vaterländische«) mitgenommen hatte, seit dem ersten Besuch im April 1911, seinem zehnten Geburtstag. Zwischen den Weltkriegen war er gelegentlich, doch nur eher selten und immer allein hierhergekommen, das vorerst letzte Mal im Frühjahr 1934, kurz nachdem oben an der Nordseite zu seiner Linken das zweite große Schlachtengemälde angebracht worden war, das fortan das vorher dort zu sehende Schlachtenkreuz vollständig verdeckte – und noch verdeckt; schon deshalb gefällt ihm dieses zweite Gemälde nicht. Erst seit Juni 1948 hatte er es sich zur Angewohnheit gemacht, jeden zweiten Sonntag im Monat in diese Halle zu pilgern. (Heute ist es ausnahmsweise ein Sonnabend, weil morgen Ostersonntag ansteht und der traditionell mit Vater und Schwester verbracht wird.) Das erste Schlachtengemälde jedenfalls hat auch nach den knapp 80 Besuchen seit Juni '48 nichts von seiner Attraktion verloren: Auf sechs Metern in der Höhe und acht Metern in der Breite zeigt es in naturalistisch-idealisierender Weise die zum Moment gefrorene Dynamik eines Gefechts zu Zeiten der Befreiungskriege. Auf einer Heidefläche bei Lüneburg bricht unter teils bewölktem, teils blauem Himmel eine Phalanx hannoverscher Soldaten von rechts in das Bild, rote Waffenröcke tragend, weiße Tschakos auf den Köpfen, flankiert, wie am rechten Bildrand zu sehen, von preußischen Lützower Jägern in schwarzer Uniform. Mit Musketen bewehrt, stürmen sie im Bajonettangriff auf napoleonisch-fanzösische Soldaten in ockergelben Mänteln zu. Im linken unteren Bildviertel sinken diese, sich ergebend, zu Boden oder recken die waffenlosen Arme in die Höhe oder schreien, die Muskete gen Himmel streckend, »Rückzug!« oder werden, wie von Kugelwucht getroffen, nach hinten gerissen oder wenden sich zur Flucht, nach hinten links, wo sie von der zweiten Flanke der King's German Legion endgültig aufgerieben werden. Die Gesichter der dem Betrachter am nächsten stehenden oder knienden Franzosen sind gezeichnet von Angst und Schmerz oder von beidem. Dem Vordersten sinkt mit dem Tod Ausdruckslosigkeit in Körper und Antlitz.

Pochenden Herzens saugt der schwarz gewandete Mann und Betrachter die gemalte Sensation mit staunendem Blick auf. Seinen Hut hat er inzwischen abgesetzt und auf die Oberschenkel gelegt. Der strenge Scheitel des angegrauten Fassonschnitts schimmert pomadig. Aus dem leicht geöffneten Mund ist bisweilen ein leises Schnalzen der Zunge zu vernehmen. Und doch liegt ein feiner, fast unmerklicher Bruch in seinem Blick, so als müsse er sich auch anstrengen, solcherlei rein Positives zu empfinden. Es mag so wirken, als raune ihm etwas aus den dunklen Gründen des Unbewussten in ihm zu, dass etwas mit diesem Bild nicht stimme, weil das Bild eine andere Rezeption und Reaktion verlange als diese durch und durch bejahende, beifällige – aber nicht, weil das Bejahte an sich, das ruhmreiche Vernichten der Falschen und Feinde, ein Fehler sei, sondern weil eben dies das Bild gar nicht zeige, aus irgendeinem mysteriösen Grund, der sich ihm Idioten nicht erschließe. Ja dieser feine, kaum wahrnehmbare Riss in seinem Blick wirkt, als müsse er sich, mindestens teils und ohne dass es ihm bewusst wäre, dazu zwingen, die ehrfürchtige Lüsternheit, die lustbetonte Verehrung als solche und ausschließlich

11

zu spüren – und nicht etwa auch Kleinmut, Schrecken und Wut womöglich. Und mehr noch als an diesem mutmaßlichen verdrängten Fehler in der Bildwahrnehmung mag dies daran liegen, dass in der tiefsten Schicht seines Selbst, auf dem absolut lichtlosen Boden im Untergrund des Unbewussten ein Monster lauert, und bräche es hervor, es hackte der Ehrfurcht mit brutalem Axtschlag stracks die erste Silbe ab – und ließe den Mann selbst als nackte Angst in Person dastehen. Und vielleicht trüge es als Maske das Gesicht seines Vaters.

Den ersten Grund würde ich ihm in Kürze erhellen (wovon er jetzt, hier freilich noch nichts ahnen kann), zum zweiten müsste er selbst tauchen, oder darin ertrinken. Aber bis dahin aalt er sich in Ehrfurcht und Lust. Sein Name ist Heinrich Holtzmann, und dies, die Erinnerungs- und Ehrenhalle, ist seine Kathedrale. Und als solche sollte sie auch eine Institution der Buße sein, der Beichte und Sühne.

Am frühen Nachmittag desselben Tages noch, so können wir uns vorstellen, hatte Holtzmann vor den flachen Hallen der Celler Knopffabrik gestanden, in der er teils als Kontorist, teils als Aufseher der Arbeiterinnen und Arbeiter tätig war. Pressen, drehen, trommeln, schmirgeln, fräsen, lochen, polieren und wieder polieren: Hunderte Paare von Händen wirbelten an den Maschinen, um die Casein-Kunsthornplatten (»Milchstein«, wie man hier lieber sagte) Schritt für Schritt in schmucke, glänzende Knöpfe zu verwandeln. Und diese Abläufe

12

wollten als solche freilich geordnet sein, und Ordnung wurde durch Aufsicht gewährleistet – und also auch durch ihn, Holtzmann.

Der offenbaren Sinnhaftigkeit seines Ordnung schaffenden Seins gewahr, griente der Mann selbstzufrieden in den klaren, frischen, vorfrühlingszarten Apriltag und strich mit den Fingern seiner rechten Hand über die Knopfreihe seiner Anzugweste, dieweil seine Linke das Revers des offenen Jacketts umklammerte. In der Tat: Knöpfe hielten die Dinge, hielten die Welt zusammen! Knirschenden Schritts ging er den geraden Kiesweg zur Straße entlang, rechts eine stattliche Tannenreihe, links der parkartige Garten der Fabrikbesitzerfamilie mit seinen Rasenflächen, zierenden Rabatten aus Blausternen, Buschwindröschen und Narzissen, sowie den noch auf ihre Früchte wartenden Gemüsebeeten und zahlreichen Apfelbäumen. Am Wegesende rechts ein Blick ins weiße Pförtnerhäuschen, kurz den Hut lüpfen: »Schöne Ostertage!« – »Ja, vielen Dank! Ihnen auch! Auf Wiedersehen, Herr Holtzmann!« – Ja nun, gestern erst Karfreitag, Montag wieder Feiertag. Zerschossen einem wieder und wieder die Wochen, diese ewigen Feiertage. Jetzt aber das Schöne sehen, auf in die Altstadt, zur inneren Einkehr. Links die Straße längs, vorerst auf der linken Seite bleiben, denn die zwei- bis dreistöckigen schlichten Gebäudequader rechts hinter der Mauer zeitigten ein Un- und längst kein Wohlbehagen mehr, seit sie nicht mehr Proviant- oder Heeresverpflegungsamt beheimateten, sondern britische

13

Militärpolizei. Flüchtig-schüchterner Kontrollblick über den Schlagbaum hinweg: Waren die denn überhaupt noch da drin, die Tommys? Bei Hausnummer 3, dem Milchladen, dann endlich die Straßenseite wechseln, danach rechts ab und über die Fuhsebrücke. So viele Gören schon unterwegs überall, stromerten wohl auch Richtung Bahnhof. Ach ja: Osterferien. Da links war mal das Gaswerk gewesen – bis die Fliegerbomben die Dampfkessel in schwere Geschosse verwandelten. Hinter der Marienstraße bog Holtzmann links in die menschenleere Kirchstraße ein. Nicht mehr viel von übrig, von früher jedenfalls nicht, ist ja alles zusammengefallen wie Kartenhäuser damals, Schutt und Asche. In Gedanken stiefelte er zwischen einstürzenden Häuserreihen durch einen Regen aus Staub und Hartbrandziegeln. Jeder Stiefelschritt auf dem Straßenpflaster mahlte, knirschte, krach- – ! – Wie abrupt eingefroren, blieb Holtzmann stehen, einen Schauder im Rücken, der bis in die Herzkammern krabbelte, kroch. War da eben nicht auch *hinter* ihm ein Schlurfen gewesen? Ein Schlappen, aber wie um Schleichen, um Heimlichkeit bemüht? Halb ungelenk, halb energisch fuhr er herum. Niemand. Oder doch da ein Schattenrest, der just hinter einer Mauerecke verschwand? Nein. Nein, nein. Nichts. Gaukelei, Trug – die ihn in den letzten fünf oder sechs Jahren aber immer wieder einmal heimgesucht hatten, und während der letzten Wochen häufig sogar. Als würde er verfolgt. Aber nein, weg mit solchen Gedanken.

Endlich erreichte er die Hindenb-, nein, Bahnhofstraße und nach Überqueren des Kopfsteinpflasters den Bahnhof selbst. War gar nicht mehr so einfach, das Straßeüberqueren hier, ständig diese Käfer immer. VW, ja, deutsche Wertarbeit, aber sahen doch eher aus wie Spielzeug. Auch die lustige Markise da über den Fenstern dieses rundgezogenen flachen Vorbaus, der selbst eher wie ein Gartenhäuschen wirkte, hatte etwas Puppenhaushaftes an sich. Alles wurde immer niedlicher dieser Tage! An der Bude im Bahnhofsgebäude erstand Holtzmann nebst Lokalzeitung einen Fahrschein für die Straßenbahn: »Gültig für eine ununterbrochene Fahrt. Nicht übertragbar! 60 Pf.« Das, also nee, war doch wirklich Wucher inzwischen, recht eigentlich! Und warum druckten die noch immer signalrot eine ›1‹ mit drauf, wenn es doch ohnehin seit mehr als einem Jahr allein diese eine Linie noch gab – so sann der Schwarzgewandete sinister, wie schon an vielen Sonntagen zuvor, auch am heutigen Sonnabend. Dennoch: Er wollte die gesamte Strecke fahren und nicht etwa nach der Hälfte schon aussteigen, obgleich er von dort aus gut hätte abkürzen und durch den Schlosspark zum Museum und zur Ehrenhalle gehen können. Nein, er wollte auch heute, wie stets, durch die Altstadt gefahren werden, wollte dahingleiten zwischen den Fachwerkfassaden als wie durchs Gebälk der fernen Vergangenheit – auch wenn es ihn fast physisch schmerzte, dass er dafür einen solch beutel-, ja halsabschneiderischen Preis zahlen, berappen, also in die gewinn- und raffsüchtigen Schlünde

15

elender Habegeier werfen – ... Nun. Ruhig Blut. Das Schöne. Innere Einkehr stand an.

Wiederum auf der anderen Seite des Kopfsteinpflasters angekommen, musste er sich nicht lang gedulden, schon kam von links, vom Neustädter Holz her und gleichsam als käme er geradewegs aus den 1910er Jahren, ein kleiner weiß-blauer Triebwagen auf den Meterspurgleisen angezuckelt und hielt knirschend vor der kleinen Traube wartender Menschen: Wagen 7, wie vorne unten an der schmalen Front doppelt, links und rechts, zu lesen war, dazwischen die runde Leuchte, oben im Fenster darüber die Endstation, »Markt«, in kleineren Lettern in der Zeile darunter die Zwischenhaltestelle, »Thaer-Platz/Union«; an der Flanke Werbung, »Norwin Edel-Liköre« und »Lux«-Zigaretten unter den Fenstern, oben darüber, längs am Dach entlang, »L&W – Das Celler Farbenspezialhaus«. Holtzmann stieg als letzter zu, die Zeitung unter den linken Arm geklemmt. Gut gefüllt, wie der Wagen war, musste er gleich vorn rechts stehenbleiben und die Tür zuziehen – ein Umstand, der ihn nicht im geringsten störte, denn er stand die acht Minuten Fahrtzeit gern, und am liebsten tatsächlich vorn, die übrigen Menschen im Rücken, statt vor sich, wo sie womöglich die Sicht versperrten.

Da aber eben diese ihm noch keine Aufmerksamkeit abgewinnen konnte, überflog er, nachdem der Triebwagen ruckend angefahren war, zunächst die Titelseite der Zeitung: Volksrepublik China, Erlass des Staatspräsidenten, Mao Zedong:

16

Kriegszustand mit Deutschland offiziell beendet. Aha. Washington: Nach Billigung durch den Kongress ratifiziert US-Präsident Dwight D. Eisenhower Pariser Verträge. Souveränität der Bundesrepublik aber durch alliierte Vorbehaltsrechte weiter eingeschränkt. Soso. Vom Foto neben dem Artikel fixierte, ja taxierte Bundeskanzler Adenauer Holtzmann mit strengem Blick und im ledrigen Ernst leicht hochgezogener linker Braue. Schnell ließ Holtzmann *seinen* Blick zum letzten Artikel unten auf der Seite springen: Nordrhein-Westfalen: Polizei erhält neue Uniformen. Statt der bislang üblichen blauen Dienstkleidung tragen die 20.000 Beamten nun moosgrüne Uniformen. Die alten Röcke sollen von der Feuerwehr aufgetragen werden. ›Moosgrün‹ – stumm formte der Knopffabrik-Kontorist den langgezogenen Vokal und den Umlaut mit seinen Lippen nach. Schade um das schöne Blau. Moosgrün, das ist doch nichts für die Polizei. Ein Bild aus alter Zeit schob sich vor sein inneres Auge: wie es hier in der Straßenbahn noch Schaffner – und dann auch Schaffnerinnen gegeben hatte. Ganz adrett, ganz proper hatten die ja ausgesehen, die Frauen, in ihren grauen Jacketts und Röcken, grau auch die Schiffchen auf ihren Köpfen, grün die Biesen und Beschläge der Uniformen, das geflügelte Rad an den Kragen. Aber so recht hatte das nicht zusammenpassen wollen, die Frau und die Autorität einer Uniform. War eben einiges anders gewesen im Krieg. Und Männer hatten Wichtigeres übernehmen müssen.

Das Bild vor Holtzmanns innerem Auge zerstob und gab den Blick frei auf das gegenwärtig Tatsächliche. Soeben hatte die mühsam auf ihren zwei Achsen dahinquietschende, wie von den Oberleitungen gegen ihren Willen weitergezogene Bahn das Thaer-Denkmal und die fünf hohen, konischen Bäume links liegengelassen, und schob sich nun rechts das Verlagshaus der Lokalzeitung ins Blickfeld der Triebwagenfenster. Vor dem Gebäude standen zwei Männer und unterhielten sich. Der eine mochte der Hausmeister der Zeitung sein, der andere wohl ein Anzeigenwerber. Letzterem fehlte ein Arm. Dann, auf der gleichen Seite, die gebäudegewordene, walmbedachte Aura städtischen Kulturlebens selbst: die Congress Union, Zwischenhaltestelle. Während der Straßenbahnwagen einen Teil der Fahrgäste austauschte, von denen einige doch einigermaßen rüde an Holtzmann vorbeischrammten, wusste dieser nicht recht, ob er der Atmosphäre, die jenem Gebäude dort gegenüber entströmte, Achtung zollen, oder ob er innerlich gegen all die sonntäglichen Tanztees und die Zappelphilippmusik wettern sollte – als ihm jäh ein Schock klirrenden Frost in die Blut- und Nervenbahnen schoss. Da vorn! Der Mann, der vom Unionsvorplatz über die Straße ging – hierher, auf den Bahnwagen zu! –, das war doch der Otto, der Ex-Boxer! Oder nicht? Doch! Doch! Holtzmanns Herz paukte. Jetzt lief der, rannte! Im Hals schwoll schneller, dicker Puls, die Augen stier, die Brauen bang. Der wollte *hier*her, *in* die Bahn! Kribbeln in den Wangen, Schweißperlen aus schock-offenen

18

Poren. Lass Auto kommen, umfahr'n, Unfall! Weg mit dem! Kalte Stirne, Hände heiß. Jetzt war der beinah da! Blick abwenden, Hut: Krempenschutz. Fahren, fahren, nun fahr doch los! – Und ruck und zuck und klingelschrill fuhr der Strom in die Elektrische und zog und schob sie an. Und rumms rammte Holtzmann die Tür ins Scharnier. Und der Ex-Boxer, robuster Mittvierziger, ballerte, mitlaufend, mit seinen Pranken dagegen. Und Holtzmann wagte einen Blick, unter der Hutkrempe hervor, von oben herab, weggleitend, aus der Sicherheit des nun geschlossenen Fahrgastraums. Und des Ex-Boxers Blick traf den seinen und wandelte sich flugs von verblüfft in bissig-verächtlich und sagte: Ich erkenne dich! Und im Stehenbleiben, wie um diese Botschaft zu untermalen, deutete er mit dem Zeigefinger seiner rechten Arbeiterfaust auf Holtzmann – und grinste dabei, raubtierhaft. Und verschwand aus dem Fensterhochformat.

Dieweil die Bahn nun ihre Fahrgäste in die Westcellertorstraße rüttelte, befingerte Holtzmann fahrig seine Oberlippe, wischte Schweißtröpfchen weg, verdeckte mit der Hand sein schnelles, flaches Hechelschnaufen, ließ den Blick flüchtig über die vagen Schemen der Mitfahrenden zittern, hoffte, dass niemand das wuchtige Herzwummern hörte, das seine Trommelfälle nach außen zu hämmern schienen. In den verschwommen-verwaschenen Anblick der vorbeiziehenden Häuserfassaden mischten sich, können wir vermuten, aufdringliche Bilder, die der Knopffabrikkontorist zunächst erfolglos wegzuwischen versuchte: der Boxer quasi neben ihm auf der Anklagebank, die zunächst 13, dann noch zwölf weiteren Angeklagten, das warmgelbe Licht in der Aula des Celler Oberlyzeums, Militärgericht, Präsident Judge Sir Soundso. Draußen wischte eben die ockerfarben-cremeweiß-grüne Modernität des Café Wellhausen vorbei, vor dem drei junge Frauen über Petticoat-Gebausche ihre schmalen Taillen betonten. Holtzmann nahm sie nicht wahr; er sah den Boxer neben sich sitzen, dann schräg vor sich, im Zeugenstand, sich verteidigend: Anweisung, angestiftet zum Schießen! Die Bahn polterte an Blumenladen und Arkadengang des Schokoladenmusterlagers vorbei. Der Richter, der, übersetzt, zu Holtzmann sagte: »Sie sind frei und können das Gericht verlassen.« Beweismaterial mangelhaft. – Tags drauf per Buschtrommel: Todesstrafe für den Boxer. Von der Litfaßsäule vorm Stoffspezialhaus im alten Marstall schaute verwegen Curd Jürgens als des Teufels General in die Straßenbahn, die Betrachter ins Lichtspielhaus bittend. Holtzmann aber sah: Boxer-Ottos Blick, voll von Wut und Verachtung: Ihr feigen Lügner! Ist aber nicht mit dem Tode bestraft worden. Viereinhalb Jahre später wieder frei. Gute Führung. Fast drei Jahre schon her jetzt. Soll der doch man froh sein, soll der doch! Und ansonsten soll der sich man verziehen in seine Handwerkerhöhle am Neustädter Holz, soll der – und da bleiben!

Erst als der Straßenbahntriebwagen den rechter Hand liegenden Eisenwarenladen passierte, hatte Holtzmann, so kann es uns scheinen, die aufdringlichen Bilder abschütteln können – gerade rechtzeitig, denn soeben wurde die Bahn in die rechte Herzkammer der Altstadt gespült, eine Herzkammer freilich, die die Form eines weiten rechtwinkligen Dreiecks hatte, an dessen Hypotenuse die Elektrische nun entlangschnürte. Holtzmann hatte sich umgedreht und schaute jetzt in Fahrtrichtung links, soweit er konnte, an den Silhouetten der Mitfahrenden vorbei auf den Großen Plan – und ließ erleichterten Blicks das altstädtische Fluidum in sein Gemüt strömen. Ach, dieser herrliche, offene Fachwerkdreiangel! Das gute, alte Café Kiess da links; gegenüber Bank, Pelze, Hüte, Schuhe – alles da! Schön! Etwas störend allein diese immer größer werdende Automobilflotte: Neben den unvermeidlichen Käfern parkten hier allerlei Opel, ein stolzer Kapitän in Schwarz mit Weißwandreifen und Chromstoßstangen, mehrere Olympia Rekords, gern türkisfarben und ebenfalls chromverziert; daneben einige Taunusse 12M aus den Kölner Fordwerken, blau, grün, blaugrün, reine Pontonform, vorn an der Motorhaube, über dem Kühlergrill, die Weltkugel wie eine runde Nase zwischen den runden Scheinwerferaugen; völlig deplatziert in dieser Umgebung der sperrhölzerne, kunstlederne, grau-beige-braun-unfarbene Leukoplastbomber 300 von Borgward, der lieber billiger Aktenkoffer hätte sein wollen, oder sollen. Und zwischen all den parkenden Fahrzeugen wieselte soeben, frech schnarrend und dreirädrig, ein rotes BMW-Rollermobil hindurch, ein neuerliches Beispiel für die neue Spielzeugniedlichkeit – als die Bahn an den breiten Segmentbogenfenster-fronten der Sparkasse kreischend scharf links ab- und damit, vorbei am hohen Karstadt-Betonquader rechts, in die Zielgera-de der Poststraße einbog. Gleichsam als flankierten sie den Zieleinlauf, hatten sich an der Einmündung in den Markt rechts vier Mitarbeiter der Nordsee-Fischverkaufsfiliale vor den Schaufenstern aufgereiht und winkten lächelnd den Bahn-insassen. Warteten wohl auf frische Lieferung, in ihren langen weißen Kitteln und schweren schwarzen Gummistiefeln. In schwarzen Lederstiefeln dagegen die zwei Polizisten da links vorm Rathaus, ernste Mienen, dunkelblaue Reithosen und ebenso gefärbt die schnittigen kurzen Waffenröcke, wiederum schwarz die konischen Tschakos aus Vulkanfiber, das von hier, aus der Straßenbahn heraus, aber fast wie Leder wirkte, wo-durch die Kopfbedeckungen desto mehr an Preußische Garde-schützen gemahnten. Holtzmann goutierte den Anblick mit sachtem Kopfnicken und leisem Zungeschnalzen: tüchtige, wackere Kerls! Das abrupte Halten der Bahn ließ seine Stiefel-hacken zusammenschlagen. Endstation. Aussteigen. Sonniger Nachmittag. Geschäftiges Treiben, Handel, Konsum. Kurzer Blick zum Ratzeputz-Geschäftshaus. Er grüßte es, pflichtschul-dig verdruckst, indem er mit der Rechten kurz an seine Hut-krempe langte, wie einen alten, fordernden Komplizen – ob-wohl er den scharfen Ingwerwurzelschnaps hasste. Dann ging Heinrich Holtzmann geradewegs zum Museum für Kulturge-schichte und dort ohne Umschweife in die Ehrenhalle der Kö-

22

niglichen Hannoverschen Armee, seine Kathedrale, zur inneren Einkehr.

Und hier sitzt er nun, auf seinem Holzstuhl, versunken in die fast fünfzig Quadratmeter Schlachtengemälde ihm gegenüber, in denen die Septembersonne von 1813 – lange Soldatenschatten in Richtung hell ausgeleuchtete Franzosen werfend – genauso tief zu stehen scheint, wie die spätnachmittägliche Aprilsonne, deren Leuchten gegenwärtig, ins Kühle gefiltert, durchs rückwärtige Fensterriesenrechteck in den Hallenkubus sickert und sich ins warme Wabern der Museumsleuchter mischt.

Da betritt von schräg hinter ihm, durch eine der beiden großen Türen in der linksseitigen Wand, ein junger Mann, Anfang zwanzig, die Halle. Die lederbesohlten Schritte knarzen vernehmlich über den blitzblanken Betonboden, nun gar nicht wie um Schleichen, um Heimlichkeit bemüht. Aus seiner Versunkenheit auftauchend, noch leicht benebelt, wendet Holtzmann seinen Kopf, die Quelle des störenden akustischen Phänomens auszumachen, und blickt über seine linke Schulter. Der junge Mann, den er so auf sich zukommen sieht, ist in einen schlichten, groben, hellgrauen Anzug gekleidet, dessen schiefes Jackett links tiefer hängt als rechts; das kraus Widerspenstige seiner dunkelblonden kurzen Haare vermag die Scheitelfrisur nur mit Mühe zu bändigen. Ein leises Lächeln auf den Lippen und in den Augenwinkeln hinter der Brille, trägt er mit seiner Linken einen Museumsholzstuhl und in der Rechten zwei eigentümlich kurzstielige Querholz-Besen – und jetzt stimmt er, Holtzmann fest im Blick, ein Lied an! In zackigen Echos hallt der klare burschikose Bariton von Boden, Wänden, Decke wider: »Was zieht dort rasch durch den finsteren Wald / Und streift von Bergen zu Bergen? / Es legt sich in nächtlichen Hinterhalt, / Das Hurra jauchzt, und die Büchse knallt, / Es fallen die fränkischen Schwergen.« – Exakt mit dem Verhallen der letzten Silbe – *genn, genn, genn* – kommt er bei Holzmann an, stellt seinen Holzstuhl links neben den Holtzmannschen und legt die Besen hinter den seinen. Und dann setzt sich der junge Mann, setze also *ich* mich – und schaue (weiterhin einen zarten Lächelhauch in den Mund- und Augenwinkeln) in die 53jährige schiere Verdutztheit, hinter der unterschiedlichste Handlungsimpulse merklich um eine passende Reaktion ringen. Nach vorn oben zum Gemälde blickend, summe ich mit geschlossenen Lippen – zunächst piano, aber leichtes Crescendo – eine weitere Liedstrophe, an deren Ende – Sforzato! – ich abrupt innehalte und wieder nach rechts zu Holtzmann schaue, mit aufforderndem Blick, um Einsatz bittend. Und tatsächlich: Holtzmann setzt ein und singt – leicht zittrig und eher pianissimo – den Refrain: »Und wenn ihr die schwarzen Gesellen fragt: / Das ist, das ist Lützows wilde, verwegene Jagd. / Das ist Lützows wilde, verwegene Jagd.« – und lächelt schief, aber gut rasiert.

»Ha!«, lasse ich ein Auflachen durch die Halle hallen. »Sehr gut!«

»Junger Mann! Wer –?« Holtzmann hat nach der Überrumpelung schon seine Fassung wieder. Vielleicht hat ihm das Vervollständigen des Lützow-Lieds das Gefühl gegeben, wir hätten eine soldatische Losung ausgetauscht und uns so der Zugehörigkeit zu derselben Truppe versichert. Jedenfalls formen freudige Überraschung und Anerkennung sein feistes Gesichtsrund. »Wer kennt denn heute noch solches Liedgut?!«

»Tja«, sage ich, die Stirn in Falten gelegt, wie zum Zeichen geteilter Modernitätsskepsis.

»Sagen sie, kennen wir –?« Holtzmann deutet, nach links gewendet, mit dem Zeigefinger seiner Rechten zwischen uns hin und her.

»Ich putze hier.« Mein Blick zeichnet eine Glockenkurve durch die Halle, *pars pro toto* das Museum insgesamt meinend. »Vielleicht haben sie mich da schon mal –?« Ich zucke mit den Schultern. Glatt gelogen.

»Holtzmann«, sagt Holtzmann, der ja nicht wissen kann, dass ich das natürlich nur allzu gut weiß. Er streckt mir seine Rechte entgegen.

Einen Sekundenbruchteil lang bin ich versucht, ›Hase‹ zu antworten, oder sogar, mit diabolischem Grinsen, ›Mein Name ist Hase, ich weiß von allem!‹, aber ich kann mich zurückhalten und sage stattdessen: »Zimmermann«. Das ist auch gelogen. Ich hasse Lügen. Aber hier muss es sein, zunächst. Und

Zimmermann, der passt so schön zum Hol(t)z. Wir schütteln uns die Hände.

»Ein beeindruckendes Gemälde, nicht wahr?« Ich deute nach oben an die Ostwand vor uns. »Dieses Licht- und Schattenspiel.«

»Ja!«, sagt Holtzmann (es klingt beinahe wie »Jach«, denn er hüllt sein Wort in ein zustimmendes Lachen, das soviel besagt wie ›Allerdings!‹ oder ›Das können sie laut sagen!‹).

»Man fühlt den Sonnenschein geradezu auf der eigenen Haut, riecht Heidesand und Schießpulver, hört Geschrei und Hufendonnern.«

»Das ...« Holtzmann nickt dem Bild ehrerbietig zu. »Ja, ja, das ist so. Und wie diese wackeren Kerls da, wie die da losstürmen. Diese Entschlossenheit in den Blicken. Major Lützows Jäger Seit' an Seit' mit den Musketieren von Kurhannover. Preußen und Braunschweig-Lüneburg – Deutschland steht zusammen.«

»Na ja, ›Deutschland‹«, werfe ich ein, aber mit scheinbar wohlmeinendem Lächeln.

»Na sozusagen. Stürmen gegen die fränkischen Schergen. Hatte uns ja ganz schön geschröpft, der Franzos' damals, in Tilsit! Die Hälfte von Preußen abgehackt. Rheinbund: Konföderation unter französischer Knute, statt Heilige Deutsche Nation! Aber hier wird Deutschland wieder befreit!«

Ich verzichte auf kritisches Nach- oder Hinterfragen. Stattdessen sage ich: »Was mich immer wundert: Wenn Kaiser Wilhelm, also der Zwote, das Bild seinerzeit gestiftet hat, dann sollte und soll es doch sicher eine, ja, rühmende Funktion haben, also Ruhmreiches, eine ruhmreiche Schlacht zeigen, diese in Ehren haltend.«

»Ja. Ja, sicher, aber das – ...« Holtzmann ergänzt das Tut-es-doch-auch nonverbal, indem er mit betont verständnisloser Miene (darin ein Gran Empörung) einmal zum Gemälde schaut und dann wieder zu mir.

»Nun.« Ich hole tief Luft, halte den Atem an, atme hörbar aus. »Ich habe das Gemälde immer als Stellungnahme gegen den Krieg gesehen.«

Aus dem Gran Empörung in Holtzmanns Miene sind Pfunde geworden, die die Verständnislosigkeit nun deutlich überwiegen. »Nein«, sagt er. »Wie das, warum, nein.«

»Sehen sie.« Mit der linken Hand mache ich eine einladende Geste Richtung Gemälde. Holtzmanns Gesicht folgt, verzögert, skeptisch. »Wer ist uns Betrachtern am nächsten, räumlich gesehen?« Holtzmanns Blick springt von rechts nach links und zurück. Er schüttelt den Kopf. Also antworte ich für ihn: »Die Franzosen da im unteren linken Bildviertel, diese Gruppe nahe der Mittelsenkrechten besonders, diese vier, fünf, sechs Fußsoldaten in Heidestrauch und Staub.«

»Voltigeure, Unteroffiziersrang, leichte Infanterie, Plänkler, gute, schnelle Schützen«, feuert Holtzmann eine Faktensalve ab, wohl um sich mit seinem Tatsachenwissen gegen meine Einlassungen zu feien.

»So. Meinetwegen. Jedenfalls werden unsere Blicke auf eben diese Soldaten gelenkt; hier wird unsere Aufmerksamkeit gebunden! Bei den Opfern! Dieses hilflos chaotische Grüppchen mit den ockergelb-braunen Mänteln, die viel zu warm für diesen sonnigen Tag zu sein scheinen.«

»Kapotmäntel. Weiße, gekreuzte Bandelieren darüber, daran schwarze Patronentaschen, darauf Jagdhorn-Emblem aus Messing.«

»Mag sein. – Und wie die offensichtlich nicht wissen, was sie tun sollen, in ihrer Panik. Vier tragen noch ihre schwarzen Tschakos mit den gelben Hutbändern und Kinnriemen, zwei haben sie schon verloren. Halb zieht es sie, nach hinten, halb sinken sie dahin, nach vorn, die Waffen streckend.«

»Musketen, Modell 1777 IX.«

»Ja, ja. Und vor allem dies: das Entsetzen auf ihren Gesichtern!«

»Die Feigheit!«, wechselt Holtzmann seine Strategie von Fakten zu Meinung mit Hohnlachen.

»Nein«, halte ich dagegen, »der Schrecken, die Angst! Der Tod! Diese Dinge sollen wir vor allem sehen. Deshalb ist dieses Grüppchen so prominent platziert, so sehr im Vordergrund und zentrumsnah. Deshalb ist hier der hellste Bereich des Gemäldes. Die Kurhannoveraner in Rot und die angedeuteten Preußen in Schwarz stürmen dagegen aus dem Schatten heraus, dem Dunkel, lange Schatten vor sich hertreibend, rennen gegen unsere natürliche Leserichtung von rechts nach links in das Bild, über ihnen die dunkelgrünen, krüppeligen Kiefern – und noch darüber die dunkelsten Wolken, das gesamte Bataillon überschattend, so, als wären die Angreifer selbst ein Unwetter, das heraufzieht, um die Sonne zu verschlingen.«

Hier lächelt Holtzmann und nickt zustimmend. »Ganz recht, junger Mann, ganz recht. Deutschland bricht mit seiner Urkraft aus den Schatten hervor, die Sonne zu zerschlagen, die Besetzersonne Napoleon, die eitle. Sie sehen das Bild falsch. Sie schauen zu sehr aus einem Mitleid heraus, aber das ist hier nicht angebracht. Das können sie nicht verstehen, sie sind zu jung. Die da in den roten Röcken und die in den schwarzen, die sind die Helden, die Teufelskerle! Die Hasenfüße da links ...« Er schüttelt den Kopf, die Lippen zusammengepresst. »Die sind hier ganz zu Recht die Opfer, die Leidenden. Hier darf man, nein: muss man mit den Teufelskerlen sein!«

»Und finden sie, dass sie ein Teufelskerl waren, als sie vor zehn Jahren ihre Opfer erschossen haben – wehrlose Opfer –, Herr Blockwalter NSDAP, Heinrich Holtzmann?« Ich lächle ihn an, den Schockstarren. Zack! Das hat gesessen – und sitzt! »Eifriger Jäger auf Hasenjagd. Nur dass die Hasen Menschen waren. Bumm, bumm.« Mein Lächeln verbreitet sich zum Grinsen. Jetzt summe ich noch ein Ströphchen vom Lützow-Lied.

Rein argumentativ ist mein Vorgehen natürlich grob unsportlich, aber ich will jetzt endlich zur Sache kommen. Holtzmann ist entgeistert – im wahrsten Sinne: Da sitzt seine steife Hülle ohne Leben, die Seele verpulvert zu Partikeln, in einem Schockpulsstoß durch die Poren nach außen geschossen und im musealen Zwielicht verpufft. Doch nein, jetzt saugen die Poren sie wieder ein. Die Hülle zuckt, bebt – und steht auf. Lautes, kurzes Stöhnen der Holzstuhlbeine, über den grauglatten Boden geschoben. Der heruntergefallene Hut schlingert und bleibt dann liegen, umgekehrt, auf dem Kronendach, wie der Hut eines Bettlers. Und zittrig steht da der Mann, hohläugig, feistwangig, die Frisur in scharf rasierter Fasson, alles darunter bar einer solchen. Angst: Flucht; Wut: Angriff? Man weiß es nicht. Es schwankt in ihm. Und dann sagt er, wie in einem matten Versuch, meine Anklage mit einem eigenen Lügenvorwurf gegen mich auszuhebeln, meiner vorgeblichen Zeugenschaft den Anstrich von Unglaubwürdigkeit zu geben:

»Ich – ..., wir kenn- ... Ich kenne – ...! Sie haben mich belogen!«

»Ja. Entschuldigung«, antworte ich mit ironischer Betroffenheitsmimik, aus dem Sitzen nach oben aufschauend. »Und ja, wir kennen uns.« Und vor allem kenne ich dich, denke ich mir, vielleicht kenne ich dich sogar besser als ich mich kenne. Wie ein Späher, Lauscher, Schnüffler, der vor lauter Erschnüffeln, Ablauschen, Ausspähen so viel über die Zielperson in sich aufgenommen hat, dass der Materialberg den Blick auf das eigene Ich verstellt. »Zwölf Jahre lang waren wir Nachbarn, die ersten zwölf Jahre meines Lebens, und in gewisser

Weise auch die letzten. Vorhin hatte ich tatsächlich kurz befürchtet, sie würden mich erkennen, aber zwischen zwölf und 22 liegt ein Jahrzehnt, ein langes, eines voller Veränderungen, vor allem auch das Äußere betreffend. Ich bin Hans Reinke – Junior.«

Holtzmann will gehen, so scheint es, hinausrennen, einerseits; andererseits versagen ihm die Beine den Dienst. Die Finger seiner linken Hand zappeln, die Rechte ballt sich zur Faust und öffnet sich wieder.

»Wir Kinder kannten sie als ›den strengen Onkel aus der Hattendorffstraße‹; Holtzmann mit ›TZ‹: ›T‹ wie ›Treppenterrier‹, ›Z‹ wie ›Zack, zack‹. Oder einfach ›Hatzmann‹. ›Achtung, der Hatzmann kommt! Habt ihr auch alle schön verdunkelt? Sind die Wege zu den Luftschutzkellern auch alle schön frei? Erst kommt er hetzen, dann geht er petzen.‹« Ich lache. »Meine Mutter hat ja ausgesagt gegen sie, '47, '48. Na ja, hat nicht gereicht. Sie wissen's ja am besten. War unglaubwürdig geworden, hätte nur aus Rache aussagen wollen, weil sie sie mal denunziert hätten bei der Partei: Verstoß gegen das Heimtückegesetz. Und ich kann mir das wirklich sehr gut vorstellen, wie meine Mutter, die Gute, da vor ihnen steht, an ihnen und ihrem Braunhemd runter- und wieder raufschaut und kopfschüttelnd ›Als hätten sie's im Klo gewaschen!‹ sagt.« Ich lache wieder. Stolz auf meine Mama streicht mir samtig durch die Brust. »Tja, und *ich* hätte nicht gegen sie aussagen können. Diese Angst, all die Angst. Ich versuchte wohl noch immer, mir einzureden, dass ich nicht gesehen hätte, was ich gesehen hatte. Und ich hatte ja niemandem davon erzählt; keiner wusste, dass ich was gesehen hatte. Obwohl sich meine Mama schon gewundert hat, dass sich ihr zwölfjähriger Sohn plötzlich jede Nacht einnässt und sich noch immer einnässt, als er 13 ist und 14, und schon längst auf der anderen Seite der Stadt wohnt, in der Blumlage. Hat's wohl auf den Bombenangriff geschoben und darauf, dass der Papa nicht zurückgekommen ist von der Front. Und dann, im Mai 1948, ich war 15, war's in der *DVZ* und der *Hannoverschen* zu lesen: Freispruch für sie, ›nicht schuldig‹. ›Nicht schuldig‹ – da war Schluss mit meiner Angst, denn jetzt war die Zeit des Zorns angebrochen. Der Teufel ist wieder frei, dann soll *er* jetzt Angst haben.« Ich stehe auf. Die letzten Lächelreste sind mir aus dem Gesicht geschmolzen. Holtzmann wedelt mit dem rechten Zeigefinger in meine Richtung; sein rund geöffneter Mund will etwas sagen, aber es kommt nichts.

»In den vier Jahren zwischen 16 und 20«, sage also ich, »habe ich beinah jede Minute meiner Freizeit in der Stadtbibliothek verbracht. Beim ersten Besuch habe ich tatsächlich versucht, Bücher über Brandsatzbau zu finden, erfolglos zum Glück, denn sonst hätte mindestens *ein* Holtzmann mitsamt seiner Wohnung lichterloh in Flammen gestanden, und wer weiß, wen es als Begleitschaden noch dahingerafft hätte. Und während ich weiter las und las und um mein Leben las – große Erzählungen, Geschichtsbücher, Psychologie –, um die Welt besser zu verstehen, und damit womöglich auch sie, während ich also nebenbei weiter dieses Privatstudium absolvierte, keimte in mir die Idee auf, dass ich neben den Büchern auch das lebende Objekt selbst studieren müsse – und begann, sie auszuspionieren, zunächst nur sporadisch, dann aber immer regelmäßiger. Und dieses ›Nichtschuldig‹ – *in dubio*, Beweismangel – ist immer ein Stachel in meiner Seele geblieben, ein tiefer Schatten in meinem ohnehin trüben Sonnengeflecht, poetisch gesprochen. Aber heute bin ich gekommen, den Schatten zu vertreiben, den Stachel zu ziehen, und ihnen zu sagen: Heute ist der Tag, an dem sie gestehen. Und bereuen. Und Abbitte leisten. Denn ich *habe* sie gesehen, Herr Holtzmann, Hatzmann, ich habe sie gesehen.«

Holtzmann zwingt seine schreckweit geöffneten Augen in eine wütende Schlitzform und die angstvollen horizontalen Faltenwellen auf der Stirn in eine vertikale Zornesfurche zwischen den Brauen. »Was erlauben –, was erlaubst du dir, mir mit dieser niederträchtigen, haltlosen Behauptung zu kommen?!«, blafft er. »Ich verbitte mir – … Also! Nein! So eine schändliche …! Was maßen –, was maßt du dir an, du Bengel! Ungeheuerlich!«

In einer Vorwärtsbewegung will er mich mit seinem linken Arm zur Seite schieben, ich drücke ihm meine linke Handfläche auf das Brustbein im V der Anzugweste. »Herr Holtzmann, nicht so schnell.« So würde ich ihn natürlich nicht lang aufhalten können, das wissen wir beide – er bullig-kräftig, ich muskelmäßig Schmalhans. Bevor ich hier also Knall auf Fall zu Boden gehe, greife ich in die linke Innentasche meines Jacketts und fingere nach – ... Es hakt; ich ziehe, zerre; *ratsch*, reißt die Innentasche – und ich halte mein knappes Kilogramm Bleibeargument in der rechten Hand. Ganz kalt ist der grauschwarze Stahl der P.38. Aber wie ich jetzt einen Schritt zurücktrete und den Lauf auf Holtzmann richte, meine ich, ich könne durch die Griffschalen ein warmes Schwirren verspüren, so als vibriere der Zündstoff in den acht Parabellum-Stahlhülsen im geballten Willen, mittels Krieg Frieden zu machen. Und wie ich jetzt mit dem Daumen das Sicherungshebelchen nach oben klacken lasse, sodass das vorher darunter verborgene rote ›F‹ erscheint, merke ich, wie eben dieser Wille freigelassen wird und mir durch sämtliche Körperfasern funkt, und ich schäme mich. Aber was soll ich machen? ›Bitte, Herr Holtzmann, bleiben sie noch; ich möchte mit ihnen reden‹? Kaum.

»Hinsetzen!«, sage ich.

Holtzmann setzt sich.

Während ich mit der Walther weiter auf ihn ziele, bücke ich mich, hebe zuerst den einen meiner zwei Besen auf und ziehe, den rechten Fuß auf den Querholzriegel gestellt, den Stiel heraus – und entstiele dann auf gleiche Weise den zweiten.

»Wissen sie, Herr Holtzmann«, sage ich, während ich mit den zwei Stielen zügig zur ersten Tür in der Nordwand gehe, rückwärts, und über die Schulter immer wieder prüfend, ob nicht heute doch wider Erwarten ein weiterer Besucher sich in diesen gemeinhin menschenleeren Museumsteil verirrt haben mag, »wissen sie, ich verachte das Lügen, hasse es – insofern widersinnig, dass ich vorhin selbst ..., na ja. Es ist mir ganz und gar zuwider. Es ist so, dass ...« Ich erreiche das erste breite Türzargenrechteck, schaue kurz aus der Halle – niemand da –, schließe den rechten Flügel der sich nach außen öffnenden Türen, ziehe den innen angebrachten Schließhebel nach unten, lasse damit den Bolzen in das Bodenloch einrasten, greife flugs außen die breite, flache Klinke des linken Flügels, ziehe ihn zu – *schwuff-klack* – und spanne den ersten abgesägten Besenstiel vertikal zwischen Boden und Unterseite des Türdrückers: um keinen Millimeter vermessen, meisterhafte Maßarbeit, gut unter Spannung! »Es ist so«, setze ich meine Ausführungen fort, während ich unter der Schlacht von Gibraltar an den Uniformvitrinen entlang zur zweiten Tür gehe, »es ist so, dass im Lügen ein Hauch von Tod liegt. Aus einer Lüge, zumal einer, die keine kleine, harmlose Notlüge ist, weht mich Verwesung an. Sie schmeckt nach Sterben, und das hasse ich.« An der zweiten Tür das gleiche Procedere wie eben an der ersten. Auch hier klopfe ich mir ob der Besenstielmaßarbeit innerlich auf die Schulter. Alles fein und fest verstockt. Sicher: Allzu lang werden meine Türklinkensperren im Falle eines Einfallversuchs nicht halten, aber vielleicht lang genug. »Die Wahrheit dagegen ist das Leben«, sage ich auf dem Weg zurück zu Holtzmann auf Holzstuhl – und schon bin ich angekommen und stehe nun als schwacher Marlow-Abglanz vor einer Kurtz-Variante, die ein viel banaleres Böses verkörpert als das Original. *Krrr-lick*, spanne ich den Hahn der Pistole, mit der ich direkt mittig zwischen das Angst-Wut-Angst-Wut-Geflacker seiner Augen ziele. »Heute, jetzt und hier können sie sich für das Leben entscheiden.«

Holtzmann atmet schwer. Sein Oberkörper macht sacht bebende Auf-und-Abbewegungen. Leicht schielend fixiert er die Waffe. »Ich«, sagt er, »ich habe nicht ...« Die Andeutung eines ängstlich vorsichtigen Kopfschüttelns. »Sie irren sich.«

»Nein. Nein, nein, nein.« Ich schüttele meinen Kopf in zackigen Viertelzirkeln, beiße auf meine Unterlippe. »So nicht, Herr Holtzmann, so nicht.« Mit der Pistolenmündung tippe ich dreimal auf den Schädelteil zwischen seinen Brauen, dahin, wo vorhin noch die Zornesfurche war. Ich muss mich beherrschen, damit ich dem Tippen kein Hämmern folgen lasse. Ein Rauschen in meinen Gehörgängen. »Sie müssen es wollen. Die Wahrheit ist das Leben. Die Lüge – sie riechen es doch auch, sie schmecken es; schmecken sie's ...: der Tod! Nicht mehr lügen.«

»Ich ... Sie ...« Er blickt über Korn und Kimme hinweg glasig in meine Augen, die über Kimme und Korn in seine schauen. »Sie können nicht ... Sie haben kein Recht ... Ich habe nichts Falsches ...« Und noch einmal das ängstlich vorsichtige Kopfschütteln.

Ich tue einen tiefen Atemzug. Ein Seitenblick nach links oben: das Säbelrasseln, das Bajonettblitzen, die ›Angriff‹-

Schreie in den entschlossenen Kriegergesichtern. Ich mache einen flacheren Atemzug. Mein Blick geht wieder zurück auf Holtzmann. »Vielleicht ... Ihr Gedächtnis. Vielleicht müssen wir gemeinsam eine kleine, kurze Zeitreise machen, in Gedanken zehn Jahre zurückgehen. Etwas Licht ins Herz der Finsternis flammen lassen.« Und ich beginne zu erzählen, lege Zeugnis ab vor einem, der keines brauchen sollte, rede auch, um mir eine Last von der Seele zu nehmen, wiewohl das Schwergewicht jener längst eine nie mehr zuzuschüttende Mulde in diese gepresst hat; und meine Erzählfäden weben sich milchig schwarz ins museale Warmgelb:

April 1945, Neustadt/Heese, Hattendorffstraße, äußere südwestliche Stadtperipherie: ostwärts (und wie wir sagten: »hinter uns, im Rücken«) die Ballung an Zivilisation: großes Geschehen, Güterbahnhof, Industrie, und nordöstlich das Treiben der geschäftigen Altstadtzelle (und darin: der längst heimlich schwelende, meist moll-melancholische Abgesang an den Endsieg). Ganz anders nach Westen hinaus (oder wie wir sagten: »vor uns, vor der Brust«): für 1000 Meter beinahe freies Feld, Celler Kinderformat-Wildwest – Gras, Erde, Wind –, bis zur West-Süd-Diagonalen der Fuhrberger Straße, dem eigentlich äußersten Außenposten – und dahinter: Hektare und Aberhektare aus Holz, Hain, Tann, die hinter dem schmalen Gürtel aus Erholungsmischwald aber nichts weiter waren als fein parzellierter Staatsforst aus Kiefermonokultur, ein scheinwilder

Westen, fein säuberlich in wirtschaftliche Nutzflächen gerastert. Und für uns, zumal für uns Kinder, war's dennoch ein dunkel-verwunschenes, urig-verwachsenes, fernes Märchenreich – bis es die Massaker, die sich dort ereigneten, in ein grimmes Albtraumland verwandelten.

Das Haus, in dem wir wohnten, hatte immer eine zwiegespaltene Wirkung auf mich. Einerseits entströmte dem doppelten Mehrfamilienhaus eine wohlig-wohnliche Heimeligkeit, besonders in der Zeit, als Vater noch da war. Familiennest, Heimathöhle im Hochparterre, halbe Treppe vom Hinterhofeingang: in der großen Stube (13 m², Durchgangszimmer), zur Straße raus, Mama Margarethe und Papa Hans; in der Kammer daneben (12 m²) Mamas jüngere und immer sehr, sehr besorgte Schwester Frieda und ihr Mann, Onkel Erich, der sich gern mit reichlich Schnaps wappnete gegen die ewigen schief-elegischen Klagegesänge und schneidenden Stöhnseufzer seiner Frau (»Bevor mir gleich die Hutschnur reißt, / genieß' ich einen Heidegeist!«); in der kleinen Kammer (8 m²), nach hinten, zum Hof raus, die Vorräte und ich; und daneben die Küche (12 m²) mit Gasherd und Gasautomat, der Mittelpunkt des häuslichen Familienlebens. Von außen betrachtet, spiegelte diesen Eindruck des Heimeligen und wie freundlich Gesinnten die Traufseite zur Straße wider: der warmgraue, fast sandgelbe Klinkerstein und der blassrote, der auf Höhe der beiden Geschossdecken in Zierverbänden um das Haus lief und die Segmentbogenwimpern über den hohen Fenstern bildete, zwölf von diesen in jedem der beiden prächtigen Satteldachzwerchgiebel, vier pro Etage also, dazu das Lärchenholz in den Dachdreiecken, die roten Dachziegel, das Westlicht am Nachmittag. Und ohnehin war das ja Mamas und Papas und Tante Friedas und Onkel Erichs Seite. Andererseits waren da aber auch die unheimlichen Winkel und Blickwinkel. Der kleine Hinterhof mit dem geklinkerten Stall lag spätestens ab dem frühen Nachmittag so schummrig-verschattet da und war dann so unerklärlich und unerforschlich kühl und trist. Auf dem Plumpsklo, das hinter dem Stall hin und her wanderte, fror man sich winters, tja: den Arsch ab; und bei der Mehrzahl der Besuche dieses Örtchens, das ein stilles gewesen wäre, hätte man nicht meist Hühnergackern und Schweinegrunzen im Rücken gehabt, dachte man darüber nach, dass wohl der Boden entlang dieser hinteren Stalllängsseite in der Hauptsache aus Scheiße bestehen musste. Doch das Schauerlichste, auf diffuse Weise Beklemmendste war der Anblick der nördlichen Stirnseite des Doppelhauses, also der Hälfte, in der wir nicht wohnten. Sooft ich aus der Nordrichtung, vom Heeseplatz her, nach Hause kam, wurde mein Blick nach oben zum Giebel gezogen, und jene zwei Fenster darin wirkten stets wie aufgerissene Augen, die streng musternd heruntersahen, und jene Giebelform des Mansarddachs, mit den im unteren Bereich abgeknickten und dort daher steil abfallenden Dachflächen, sah immer aus wie die altmodische Frisur eines engherzigen Puritaner-Richters, der seine ritterliche Kolbe streng mittig gescheitelt hat, die enge Stirn freigelegt, die Ohren aber überdeckt. Und tatsächlich wohnte in den grauen Zellen hinter jener Giebelstirn, wenn auch kein Richter, so doch ein Justizsekretär a.D., Wilhelm Holtzmann, damals 64 Jahre alt, seit zehn Jahren Witwer, mit seinem Sohn, Heinrich, ehedem 43, dessen Frau, die ihn drei Jahre später verlassen sollte, und der Tochter, Heinrichs jüngerer Schwester. Der Horst der niedersten Partei-Habichte. Unter deren Argusaugen lieber nicht zum Spottvogel werden! Händchen falten, Köpfchen senken – immer an die Hatzmanns denken.

Am 8. April 1945, nicht weit nach sechs Uhr abends, eine knappe Stunde vor Sonnenuntergang, nahm der Blick jener Fensteraugen in stolz-stoischem Trotz zur Kenntnis, wie sich aus nordwestlicher Richtung 130 US-amerikanische Mittelstreckenbomber mit Jägergeleitschutz dem Sirenengekreisch der Stadt näherten. Im klaren, wolkenlosen Abendrot schwoll das ferne sonore Surren ihrer zwiefachen Doppelsternmotoren flugs zum stahlschweren Dröhngrollen heran. Als sie auf zweieinhalbtausend Metern Angriffshöhe das Heesegebiet überflogen, klapperwackelten die Dachziegel und rüttelbibberten die Fensterscheiben. Und hätte das altmodisch mittelgescheitelte Richterhaupt unseres Doppelhauses sich umsehen und über seine eigene rechte Schulter schauen können, es hätte gesehen, wie die 130 Kampfflugzeuge das erste Drittel ihrer 240 Tonnen Sprengbombenlast auf Gaswerk, Bahnunterführung und Güterbahnhof regnen ließen, und es hätte gesehen, wie dort, auf dem Güterbahnhof, keine 500 Meter Luftlinie nach Osten, der KZ-Zug getroffen wurde, 50 offene Güterwaggons, und es hätte dort Eisen, Holz, Stein und Menschenkörper zerbersten gesehen und flüchtende Überlebende, Männer, Frauen, ein paar wenige Mädchen, und SS-Wachmänner, die auf die Flüchtenden schossen und viele niederstreckten, und andere Häftlinge, hunderte, die Bomben und Kugeln entgehen konnten, zunächst, und weiter rannten, in seine, des Hauses, Richtung auch, und also in unsere, zu uns, die wir hier in den muffig-klammen Luftschutzkellern hockten, die Hände ringend. Und dann hätte es sein stoisch-stolzes, engstirniges Antlitz ausruhen können, für eine gute Viertelstunde, bis zum nächsten Angriff, und wieder knappe 20 Minuten, bis zum dritten und letzten tonnenschweren Bombenregen. Und dann, um zwei Minuten nach sieben, hätte es gespürt, wie sich von seiner linken Klinkersteinwange die letzten Sonnenstrahlen zurückzogen und sich mit den erleichterten Kampfflugzeugen über das westliche Feld davonmachten und hinter Wald und Horizont verschwanden; und es hätte die nunmehr müden Augen geschlossen und wäre eingeschlafen zur Kakophonie aus Löschfahrzeugsirenen und Schüssen und Todesschreien.

Bumm, bumm, bumm, wummert es in meinem Rücken. Ein Klopfen an einer der verstockten Türen zur Ehrenhalle.

»Ist da jemand? Wer ist denn noch dort drin?« Eine nervöse Männerstimme, durchs dicke Türholz leicht gedämpft.

In des sitzenden Holtzmanns Augen wird eine Dosis Hoffnung injiziert und lässt sie aufblühen.

»Ja, Entschuldigung«, rufe ich, ruppig, weil ich jetzt hier schon unterbrochen werde. »Private Führung. Sie können gehen. Danke.«

»›Private‹ Führung? Also davon weiß ich jetzt gar nichts. Da wär' ich doch von informiert worden. Das hätte man uns Wärtern doch gesagt.«

»Hat man nicht?!« Ich versuche ehrlich verwundert und leicht empört zu klingen, ohne ironischen Unterton. »Das gibt's doch nicht! Nochmals Entschuldigung. Aber sie können jetzt wirklich gehen. Nichts für ungut. Ich schieße dann, äh –; ich schließe dann überall ab.«

»Was ist hier mit der Klinke überhaupt los? Warum lässt sich die denn gar nicht –?«

»Ja, wie gesagt: private Führung. Bitte unterbrechen sie jetzt nicht weiter.«

»Also das kann ich so nicht – ... Da werde ich jetzt bei der Museumsleitung nachfragen müssen.«

Holtzmann windet sich auf seinem Stuhl. Will der sich hier zu Wort melden? Ich drücke den Mündungsring der Pistole auf seine Stirn, sehe ihn streng an und zischle unter leichtem Kopfschütteln: ›Tss, tss, tss‹. Über meine linke Schulter rufe ich nach hinten zur Tür: »Tun sie das!«, wieder ganz im Schroffton. »Hauptsache sie gehen jetzt!«

Das dumpfe Hallen von Schritten, die sich entfernen.

»So, wo waren wir?« Ich ziehe fragend meine Brauen hoch und lächle ein freudenleeres Lächeln. Der Hoffnungshauch in den Holtzmannaugen ist verblüht.

»Ach ja! Auf dem Weg zu ihnen! Dann wollen wir doch mal zum tiefschwarzen Punkt in jenem finsteren Sonntagabend kommen! Wir müssen nur den Schreien folgen.«

Einige lange Minuten warteten wir, dicht gedrängt, im Keller, nach der ersten Angriffswelle; dann standen wir auf, einige von uns. Schulzes aus der Wohnung über uns sagten: »Wartet noch ab, die kommen wieder, das war noch nicht alles.« – »So wie das gerumst hat, sind die wohl fertig geworden«, antwortete meine Mutter. »Aber setz du dich man wieder hin, Hans. Ich werd' mal nach oben gehen und nachsehen. Ich hab' doch noch die Kartoffeln aufm Herd. Mach' ich uns vielleicht 'n schönes Ei noch dazu. Wir haben ja noch gar nix zu Abend gehabt.« Verwirrt sah ich meine Mutter an. Essen? Jetzt? »Na los, Hänschen, setz dich wieder hin!« Und dann ging sie. Lang hielt ich ich's ohne sie nicht aus, das noch immer recht Enge, Drangvolle, vor allem das feucht-kalt Muffige. Und also ging ich auch. Die Kellertreppe rauf. Der Flurgeruch. Kein Feuer. In die Wohnung: alles heil, alles so, wie's gewesen war. Nur wo war Mutter? Durchs Küchenfenster konnte man den Himmel orange-rot lohen sehen. Und Schussgeräusche hörte man in der Ferne, die so fern gar nicht war, einzelne und immer wieder gleichzeitiges, sich überlagerndes Schießen, Krachen,

Knallen. Vielleicht ein Munitionslager getroffen, bestimmt. Auf dem erloschenen Herd stand ein leerer Topf. Kartoffeln lagen daneben, dampften. Die wollte jetzt wirklich essen! Vielleicht war sie zum Stall, Eier holen?

Und wie ich ganz nah ans Küchenfenster herantrat, sah ich die zwei Mädchen – und sie mich. Vier, fünf Meter von mir entfernt standen sie da, in ihren blau-grau vertikal gestreiften Zellwollkitteln, rechts neben dem Stall, an dessen Wand gedrückt. Das größere, vielleicht zwei Jahre älter als ich, stand hinter dem kleineren und hielt schützend seine Arme um es, das womöglich ein Jahr jünger war als ich. Es mussten Schwestern sein, so ähnlich, wie sie sich sahen. Die Kleinere hob eine Hand und winkte mir. Ich winkte zurück. Sie lächelte. Dann machte die Größere mit einer halb geöffneten Hand eine wiederholte Kippbewegung vor ihrem Mund. Durst! Die hatten natürlich Durst! Gerade als ich mich umdrehen wollte, um Wasser zu holen, öffnete sich links die Stalltür in der Wand der diesseitigen Stalllängsseite. Meine Mutter kam heraus – und eine andere Frau, und ein Mann! Die Frau sah aus wie eine erwachsene Version der Mädchen. Die Mutter? Musste ungefähr das Alter *meiner* Mutter haben. Auch sie trug einen sackartigen, blau-grau gestreiften Kittelmantel – mit einem umgedrehten roten Dreieck auf der linken Brust, darin ein schwarzes ›P‹, darunter ein weißes Stoffrechteck mit einer Nummer darauf. Der Mann, ein junger Mann, hatte einen groben Anzug an, aus dem gleichen Stoff und ebenso gestreift. In seinem umgedrehten roten Dreieck auf der Brust schien ein ›F‹ zu sein. Meine Mutter gestikulierte, in jeder Hand zwei Eier. Der anderen Frau und dem Mann zugewandt, machte sie mit beiden Händen eine Art Schüttelgeste auf Kopfhöhe, was in etwa heißen mochte: ›Ich werde die Eier kochen.‹ Dann deutete sie mit der Eierportion in ihrer Linken zur Stalltür und machte eine Kopfbewegung in dieselbe Richtung: ›Geht da wieder rein und wartet‹, konnte das heißen. Die Frau zeigte entgegengesetzt zum Stallende hier auf Höhe der Küche, denn ums Eck standen ja noch ihre Mädchen, und das wusste meine Mutter wohl noch nicht. Die Frau ging soeben an meiner Mutter vorbei, der Mann gleichzeitig zurück zur Stalltür – da durchbrach ein Krachen den Hinterhof, grell-hellichtes Aufblitzen links, Frauen zuckten, Mädchen zuckten, ich zuckte, der Mann in Häftlingskleidung schleudertaumelte herum, ging zu Boden, kniete, die Stirn auf dem kargen Grasboden. Die Häftlingsfrau versteckte sich rasch hinter meiner Mutter, da die ihr noch deutlich näher war als die Stallecke, hinter der die Mädchen mit panischen Blicken verharrten. Und da traten von links aus dem Schatten in den Schummer: sie, Herr Holtzmann. Den Vorderschaft ihres Karabiners in der Linken, luden sie mit der Rechten am Verschlusshebel die Waffe durch. Die leere Patronenhülse flog aus dem Patronenlager. Mit gebieterischer Miene bölkten sie irgendetwas, vielleicht zu meiner Mutter, die immer noch die vier Eier in den Händen hielt; in ihrem Rücken, in Angststarre, die Frau im Streifenkittel. Später dach-

45

te ich für lange Zeit, sie hätten etwas mit ›Sündern‹ gerufen, aber das wäre zu religiös gewesen; vermutlich – und sie müssen's ja am besten wissen – ging es also wohl um ›plündern‹. Meine Mutter antwortete irgendetwas, schüttelte den Kopf, zeigte aus irgendeinem Grund die vier Eier vor, deute damit auf sich selbst. Und sie setzten den Lauf ihres Gewehrs auf den Hinterkopf des vor ihnen am Boden kauernden Mannes und drückten ab. Ein Krachen, ein Blitz, ein Spritzen, ein Schädelbrei, ein spitzer Schrei von der Frau hinter Mama, vier aufgebrochene Eier auf dem Boden, angstweite Mädchenaugen, Mädchenhände vor den eigenen Mädchenmündern, ein feuerheißer Furchtstoß durch meine Brust. Und sie luden wieder ihre Büchse durch und richteten sie auf die beiden Frauen, die sich langsam, ganz langsam rückwärts bewegten, in Richtung der Mädchen, die noch immer hinter der Ecke standen, ihr Wimmern mit den Händen in die Münder zurückdrückend, mich ansehend, wie um Hilfe flehend. Meine Mutter machte eine Beschwichtigungsgeste, die leeren, offenen Handflächen auf Schulterhöhe nach vorn in ihre Richtung haltend. Die Frau hinter ihr schlich gebückt, die Hände in den dunkelblauen Kleidstoff meiner Mutter gekrallt, ihre rechte Wange an den Rücken gepresst, die Augen ein tränenloses Weinen. Sie wedelten mit dem Lauf ihres Karabiners, meiner Mutter bedeutend, sie solle da verschwinden, von der Frau weggehen. Aber das tat sie nicht, sie verstärkte nur ihre Gestik von beschwichtigen zu beschwören. Da sprangen sie blitzschnell vor, packten mit der Rechten den linken Arm meiner Mutter und rissen sie zur Seite, dass sie aufs dürre, kurze Gras fiel. Die Frau, jetzt ohne Deckung, schwankte, stolperte rückwärts, die Linke abwehrend nach vorn ausgestreckt. Sie legten an; die Schaftkappe an die Schulter gedrückt, den Unterkiefer an den Hinterschaft gepresst, gingen sie langsam vorwärts, die Frau über Kimme und Korn im Visier, ihr folgend. Da wirbelte die Frau herum, setzte zum Rennen an – und *blamm!*, barst ihr Hinterkopf. Ihr lebloser Körper schlug schlaff und dumpf auf dem Boden auf, und lag da, eigentümlich verdreht. Ihren blutigen, offenen Hinterkopf sah ich; ihr Gesicht, wie auch immer es aussah, sahen die Mädchen. Die Ältere sackte zusammen, auf die Knie, riss die Jüngere mit hinunter. Die Jüngere kroch nach vorn zum Mutterkörper hin, die Ältere blieb knien, ihre Augen aufgerissen, der Mund ein kleines, stummes, totes o. Wie eine Statue kniete sie da, aus reinem, purem Grauen geschlagen, als wäre sie aus dem gesammelten, gesamten Entsetzen der Weltgeschichte geformt. Die Jüngere streichelte mit ihren Händen den Kopf ihrer Mutter, die Wange, die Schläfe, den dunklen Haarschopf – den blutig knochenlosen Hinterkopf. Und ich konnte nicht hören, was sie sagte, und hätte ich's hören können, ich hätte es nicht verstanden, nicht Wort für Wort, aber in meinen Träumen danach sagte sie, mit diesem Gesichtsausdruck zwischen Trauererschütterung, Angst, Flehen und Trösten: »Mamilein, Mamilein, nicht sterben. Alles wird gut. Ich mach' dich wieder heile. Hier bleiben, Mamilein, bleib hier.

47

Nicht sterben, nicht sterben.« Und dann brach es aus dem älteren Mädchen heraus, und sie schrie und schrie und schrie, und krallte ihre Oberschenkel, und schrie und schrie und schrie. Und da gingen sie zu ihr und schlugen ihr den Kolben ihres Gewehrs ins Gesicht, und da schrie sie nicht mehr. Und als sie die Jüngere beim Schopf packten, schwoll wieder das stahlschwere Donnergrollen an, und Ziegel, Fenster und Boden zitterten, und der Himmel überm Stall loderte, und die Welt schwindelte, verschwamm und wurde schwarz.

»Ja, und dann wird mich meine Mutter vom Küchenboden aufgelesen und zurück in den Keller gebracht haben, nachdem sie mich vorher eben dort nicht wieder vorgefunden hatte. Und so erzählte sie es mir auch tags drauf. Und natürlich wollte sie auch wissen, was ich da, in der Küche, zu suchen gehabt hätte – ›Na dich hab' ich gesucht, Mama‹ – und ob ich etwas gesehen hätte oder gehört, von draußen. Nein, ich hätte nichts gesehen oder gehört. Denn ich wollte nichts gesehen oder gehört haben. Verdrängung.« Die Pistole ist schwer geworden, ich wechsle sie in die linke Hand. Holtzmann schnauft, guckt auf den Boden, guckt nach oben über die Waffe zu mir, schluckt trocken.

»Das waren doch Häftlinge, entlaufene Sträflinge waren das doch!«, sagt er mit belegter Stimme. »Das waren verhaftete Verbrecher, die da jetzt rumliefen – und plünderten auch! Waren die vielleicht bewaffnet? Das wusste man ja jetzt auch nicht. Die waren ja eine Gefahr, waren die, wahrscheinlich. Deine, ihre Mutter, die schien auch, die war auch in Gefahr, da so eingekesselt von den zwei Straf-, von den Verbrechern. Unter Druck gesetzt war die, sah so aus. Und dann ja überhaupt diese ganze Unruhe, da war ja alles –, drunter und drüber ging das ja. Da musste man auch wieder Ordnung herstellen; für Ordnung und Sicherheit – ja, Sicherheit! – musste man da sorgen! Und Plündern, darauf stand doch die Todesstrafe! Gesetze!«

Ha. Nicht zu fassen. Ich weiß nicht, was soll ich jetzt noch –? Ich habe die Waffe sichtbar entsichert, habe den Hahn hörbar gespannt, habe für ihn, Holtzmann, deutlich fühlbar mit dem Lauf auf seine Stirn getippt. Was jetzt noch? Muss er Patronenpulverrauch riechen? *Batsch!* – klatsche ich ihm eine satte Backpfeife auf seine linke Feistwange, dass diese nur so wackelt und rot aufflammt. »Was hatte ich vom Lügen gesagt, Herr Holtzmann? Sie dürfen natürlich auch sich selbst nicht belügen – und schon gar nicht mit einer so billigen, fadenscheinigen Geschichte! Nein, nein, sie müssen sich schon bemühen!« Ich wechsle die Pistole zurück in meine Rechte, die glühende.

Holtzmann schaut hoch. Verbissenes Zähnefletschen, Schmerzfalten auf der Stirn, streicht sich einmal über die rote Wange. »Das waren doch alles Menschen zweiter Klasse, höchstens, so haben wir das doch geglaubt. Nicht nur die Juden, die waren gar keine Menschen, auch die anderen, die Feinde, die Kriminellen, die Asozialen, die Politischen, die wa-

ren doch nichts wert. So ist uns das doch all die Jahre einge-
trichtert worden; das haben wir doch so geglaubt. Das waren
doch auch ganz andere Um-«

PADAMM-mm-mm! – peitscht ein Schuss durch den Hallenkubus und hallt schmerzhaft nach. Hier stehe ich, den rechten
Arm nach oben gestreckt. Aus der Mündung der Pistole steigt
langsam tänzelnd Rauch auf in die jetzt fast vertikalen Sonnenstrahlen, als wäre der Rückstoßlader eine kleine, eben erlo-
schene Fackel. Staub rieselt aus dem Einschussloch in der
blau-gelb floralen Kassettendecke. Auf dem Boden qualmt die
9mm-Hülse. Der Geruch verbrannten Zündpulvers kriecht
durch die Halle, als wäre das Schlachtengemälde in olfaktori-
scher Hinsicht Wirklichkeit geworden. Ich richte die Waffe
wieder auf Holtzmann. Auf seinem Gesicht liegt der Ausdruck
eines stummen Greinens.

»Auf die Knie!«, sage ich.

»Bitte!« Holtzmann schüttelt zaghaft-vorsichtig den Kopf.
»Bitte, nein.« Ganz flehentlich, sein heiserer Ton.

»Hinknien!«

Langsam rutscht Holtzmann vom Stuhl auf die Knie, seinen Blick zum Boden gesenkt.

»Heinrich Holtzmann, geboren 1901, in der Glückslücke
der so genannten ›weißen Jahrgänge‹«, deklamiere ich in Rich-
termanier, »für eine soldatische Ausbildung im ersten Welt-
krieg waren sie zu jung, so gerade eben noch, und zu alt, um
zum zweiten eingezogen zu werden. Ein Soldat mussten sie

nicht sein – und ich vermute sehr, sie wollten keiner sein. Denn sie sind ein Feigling. Allenfalls in der Sicherheit der Heimatfront, da ließ es sich prima quasi-soldatisch sein, da konnten sie als kleines Parteisoldätchen versuchen aufzuwiegen, was sie an echten Gefechten und Schlachten an wahren Fronten eben nicht in die Waagschale werfen konnten. Nur ist Papa Wilhelm so wirklich stolz dennoch nie gewesen, nicht wahr? Im Gegenteil. All die Niederlagen zuhause, im Ringen um Anerkennung, die Stiche in die Seele. Und dieses und jenes und immer diese Schwäche. Da traf es sich gut, dass plötzlich gleich mehrere Sündenböcke im Hinterhof standen.«

Holtzmann schaut zu mir auf, wie ein Kind im Fleisch eines abgelebten Mittfünfzigers.

»Gestehen sie!« *Krrr-lick,* spanne ich erneut den Hahn der Pistole.

Bumm, bumm, bumm, wummert es wieder in meinem Rücken an der dicken Tür, nur lauter als beim letzten Mal. Ein Hämmern.

»Polizei! Öffnen sie die Tür!«

Die Staubpartikelchen verharren reglos im musealen Kubus, als wäre die Zeit stehengeblieben.

Ich sehe weiter Holtzmann an und Holtzmann mich. »Gestehen sie!«

Holtzmann bleckt die Schneidezähne, saugt Luft ein. Sein trauriger Kinderblick.

Bumm, bumm, bumm – das nächste dreifache Hämmerwummern an der Tür, noch nachdrücklicher.

»Öffnen sie sofort die Tür!«

»Von den Häftlingen ging keine Gefahr aus«, sage ich, »nicht nur von den beiden Kindern nicht, auch nicht von den Erwachsenen, von niemandem. Und es machte auch nicht den Anschein.«

Holtzmann atmet flach und schnell, und schluckt.

Kracks! – Hinter mir wird etwas in den Spalt zwischen der Flügeltür gerammt.

»Und ihr Indoktrinationsargument ist allzu plump.«

Kracks!

»Sie hätten die Sträflinge auch nur festsetzen können, einsperren.«

Kracks!

»Haben sie die beiden Mädchen denn auch selbst getötet? Ja?«

Der Gram in Holtzmanns Leidensmiene verstärkt sich noch.

Kracks-knarrrz!

»Es ist jetzt höchste Zeit zu gestehen. Wahrheit ist Leben, Lüge ist Tod.« Ich setze die Pistolenmündung auf seiner Stirn auf und halte meine Linke als Spritzschutz vor mein leicht abgewendetes Gesicht.

Knarrrz!

Mein Zeigefinger krümmt sich um den Abzug.

»*LOS JETZT! GESTEHE!*«

Knarrrrrrz! ...

»Ja.« Ein leichtes, brüchiges ›Ja‹, das Holtzmanns kindlicher Greisenmiene entströmt.

Ich ziehe meine Spritzschutzhand zurück. »Wie?«

»Ja. ... Ja, ich gestehe, ich bin schuldig. Ich gestehe.« Seine Augen scheinen zu zerfließen in ihren tief verschatteten, faltenumrankten Höhlen. Oder nicht? »Ich bin schuldig.« Wie er da kniet, und wie ihm Pein und Qual über das Gesicht flackern. Sein Schatten, von den vier Deckenleuchtern in den vier oberen Ecken des Hallenkubus' vierfach in Diagonalen auf den dunkelgrauen Boden geworfen, der vierfache Schlagschatten: Fast sieht er aus wie eine vierbeinige Riesenspinne oder wie ein riesenhafter, schwarzer, vierbeiniger Kraken. Vier Opfer. Oder vierfach der Vater. Ich will ihm glauben. Seine Reue soll echt sein. Sie ist doch echt? Doch.

Knarrr-RUMS-klangelang! – Hinter mir ist die Flügeltür aufgesprungen, mein Besenstielstück auf den Boden gefallen. Schwere zügige Stiefelschritte. »Polizei! Die Hände hoch!«

»Sie müssen weiter ernsthaft bereuen, vielleicht wartet dann irgendwo Läuterung«, sage ich zu Holtzmann. »Wir werden uns wiedersehen. Ich bin das Fegefeuer.« Ich stecke die Pistole in die Innentasche meines Jacketts.

Klackalacker – landet die Waffe auf dem glatten Betonboden. Die Innentasche! Die war ja gerissen! Holtzmann blickt zum Boden, dann wieder zu mir. Sein Gesicht! Kurz schillert hoffendes Staunen durch die Mimik des reuig-traurigen Greisen-kinds – das sich jetzt schlagartig in einen listigen Wechselbalg verwandelt! Er wittert Oberwasser. Er stemmt sich hoch, grapscht mit seiner rechten groben Klaue nach meinem Jackett-Revers, reißt mich zu sich, wirbelt mich dabei halb herum, und hält mich nun fest vor sich, meinen Rücken an seine Brust gepresst. Jetzt sehe ich die vier Polizisten vor uns stehen, ihre Pistolen im Anschlag, in nur vier, fünf Metern Entfernung vielleicht; dahinter, in der Tür, ein Museumswärter und ein Mann im dunkelgrauen Anzug, womöglich der Direktor, vielleicht ein Stellvertreter.

»Das ist ein Verbrecher hier!«, krächzkeift Holtzmann. Ich spüre das Pauken seines Herzens an meinem Rücken. »Den müssen sie festnehmen!«

»Entfernen sie sich von der Waffe!«, ruft einer der Polizis-ten zurück.

Dieser verdammte, verschlagene, sich verstellende –! ... Nein. Nein, nein, nein! Ich schleudere meinen Kopf zurück – mein Hinterkopf trifft Holtzmanns Kinn –; ich reiße seine Arme von mir los, stoße ihn mit den Schulterblättern zurück, tauche rasch ab zur Pistole, greife den Schaft, wirble hoch und herum – und vierfach *PADAMM!*, krachschallt's durch die Halle. Und zwiefach beißt es mich heiß in den Rücken, wie zwei Feuerschlangen, die sich durch die Rippen bohren; ein heißes Schlitzen am Hals; ein Schlag in die Schulter; und mei-ne Hände versteinern, bevor mein Finger den Abzug durchzie-

hen kann; und meine Waffe fällt. Und ich sinke auf die Knie –
und knie vor Holtzmann, der doch eben noch vor *mir* kniete.
Ha. Haha. Hahahaha.

***

Ich atme. Ich atme an gegen das Blut, das mir entrinnt. Ich bin
mein Blut. Ich bin mein Atmen. Die rot glänzenden Kleckse
auf dem dunklen, trüben Bodenspiegel. Klecks, klecks, klecks.
Ich. Ich. Ich. So warm, das dicke Nass an meinen Fingerspit-
zen. Ich bin mein Blut. Mit jedem Atmen hauche ich mich aus.
Ich entgleite mir. Noch während ich der Blutende und Atmende
bin. Ich sehe mich, ein Männchen mit gesenktem Kopf, das
sich die Brust, den Bauch hält, kniend im Zentrum eines dunkelgrauen Quadrats. Rechts von mir steht ein bulliger,
schwarz gewandeter Mann; von links laufen vier dunkelblaue
auf mich zu, schwarze Stiefel, schwarz-konische Helme; über
mir sinkt ein Schnauzbärtiger in ockergelbem Mantel in die
Heide, in den Schatten, in den Tod; Kiefern, Birken, Wolken-
himmel, Schlachtfeld. Ich wehe mir weg, wehe rückwärts,
westwärts, wehe durch Vitrinen, Uniformen, diffundiere
durch den dicken Stein der Museumsmauer, wehe höher, sehe
durch das kalte, grün-blau-violette Schillern der Fensterglas-
stücke: mich, als Schemen, sehe, wie ein blauer Waffenrock-
mann seine Lederhandschuhhand auf meine Schulter legt,
spüre sie hier, sehe mich dort zusammensinken, sehe den
Mann in Schwarz stehen, gestikulieren. Was sagt er? Stumpfes

55

Schimpfen: Ein Irrer, ein Kranker! Hatte mich in seiner Gewalt! Einen Teufel bekehrst du nicht. Man verhindert, dass jemand einer wird. Hinter mir das Herzogschloss, das zwielichtig auratische Strahlen der Geschichte, das Abendrot. Da oben der Himmel, nicht mehr blau, noch nicht schwarz. Meine Mama. Wie sie mich aus schweiß- und uringetränkten Laken hebt, mich sauber macht, sagt: »Du bist stark, und du bist gut. Du bist von meinem Blut, und du bist von Papas Blut.« Ihre Stimme, wie sie wie vor Augenblicken ein Lieblingslied nachsingt: »Dreh dich nicht um nach fremden Schatten / Dreh dich nicht um und bleib nicht steh'n / Lass die fremden Schatten stumm vorübergeh'n ... / Geh deinen Weg, den man dir wies.« Ihr Lachen, ihre Liebe im Lachen, der Welt zum Trotz. Sie ist stark, und sie ist gut. – Und Papa. Papa? Wo bist du? Seine Hand auf meiner Schulter, seine Uniform, wie er vor mir kniet, wie er mir fest in die Augen sieht, wie er mich an sich zieht. Wie er aus dem warmen Schummer unseres Hauses durch die Tür in ein kaltes Rechteck geht. »Doch die Mutter weinet sehr, / Hat ja nun kein Hänschen mehr! / ›Wünsch dir Glück!‹ / Sagt ihr Blick, / ›Kehr nur bald zurück!‹« Die Abendluft. Ich rieche sie nicht. Ich bin ein Teil davon. Ich atme nicht. Die Welt atmet mich. Ich verwehe. Papa, wo bist du? Ruft er mich zu sich? Ich höre nichts. Niemand. Menschen, Museum, Schloss, Geschichte, alles eins. Alles ein Wesen. Das sich selbst zerbeißt und seine Wunden leckt und ein- und ausatmet. Ein und aus. Ein. Und aus.

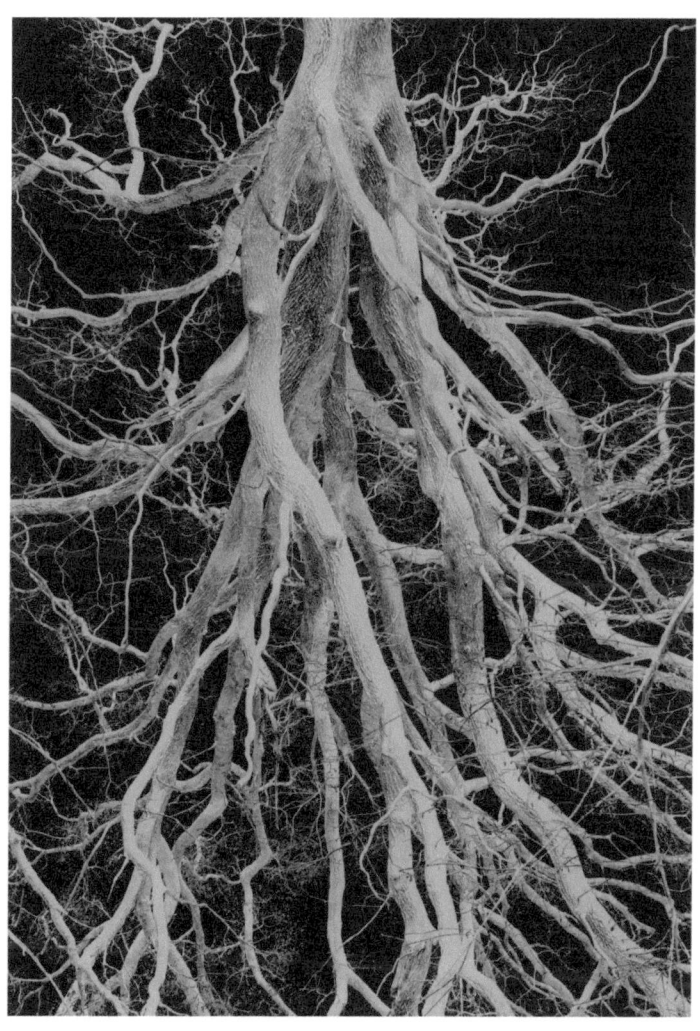

Die vorangegangene Erzählung ist inspiriert von tatsächlichen historischen Geschehnissen, die sich im Jahre 1945 in der Stadt Celle ereignet haben. Die Figuren und ihre Handlungen sind in der geschilderten Konkretion jedoch reine Fiktion. Die Figur des Knopffabrikkontoristen Heinrich Holtzmann repräsentiert keinen der tatsächlich im Rahmen des Celle Massacre Trials *Angeklagten. Sie ist zu verstehen als ein durchweg fiktiver vierzehnter Angeklagter.*

Herstellung und Verlag:
BoD - Books on Demand, Norderstedt
ISBN 978-3-7448-7479-3